LES PETITS LIVRES DE M. LE CURÉ,

Bibliothèque du Presbytère, de la Famille et des Écoles.

HISTOIRE DE FRANCE,

DEPUIS LES GAULOIS

JUSQU'AU RÈGNE DE LOUIS-PHILIPPE.

Première Partie.

Aubert et Cie, place de la Bourse.

LES

PETITS LIVRES DE M. LE CURÉ,

BIBLIOTHÈQUE

du Presbytère, de la Famille et des Écoles.

HISTOIRE

DE FRANCE,

DEPUIS LES GAULOIS

JUSQU'AU RÈGNE DE LOUIS-PHILIPPE.

PREMIÈRE PARTIE.

PARIS,

CHEZ AUBERT ET Cie, ÉDITEURS,

PLACE DE LA BOURSE.

TABLE.

IMPRIMÉ PAR BÉTHUNE ET PLON, A PARIS.

Les anciens Germains.

INTRODUCTION.

Druide.

LA GAULE ET SES PREMIERS PEUPLES.

On nomme les Gaules, le pays compris entre l'Océan-Britannique au nord; le Rhin, la grande Germanie, une partie des Alpes avec l'Italie, à l'orient; la mer Méditerranée, les Pyrénées et l'Espagne, au midi; le Grand-Océan, à l'occident. Les Francs qui s'incorporèrent aux Gaulois ont occupé plus ou moins d'espace dans cette étendue, selon les temps et les circonstances, et ont fait prendre à leur empire le nom de France.

Druidesse.

Des historiens disent que les

premiers habitants des Gaules vinrent de la Germanie, peuplée elle-même par les Celtes, enfants d'un petit fils de Noé nommé Gomer.

Les Germains étaient déjà formés en corps de nation, vers le temps où Rome sortait à peine de la classe des bourgades.

Ces premiers peuples recevaient leurs lois et leur culte de prêtres appelés *druides.*

Les druides suspendaient les images de leurs divinités aux branches des chênes, arbres sacrés pour eux, et, au pied de ces autels sauvages, ils égorgeaient, dit-on, des taureaux et des hommes. Associées à leur sacerdoce, leurs femmes, sous le nom de druidesses, prophétisaient et trouvaient des oracles dans les convulsions des victimes.

La recherche du gui, plante qui croît sur les arbres, était une fête nationale. Prêtres et peuple se répandaient dans la forêt pour le découvrir. Quand il était découvert, le chef des druides approchait respectueusement de l'arbre, détachait la plante avec une serpette d'or, et laissait tomber le gui sur une nappe neuve de lin, qui ne servait plus à aucun autre usage. La plante desséchée était mise en poudre, et distribuée comme un remède contre les maladies.

Les druides prenaient part aux affaires de l'État, ils assistaient aux conseils de guerre et avaient voix dans les conseils.

Les Gaulois étaient vifs, emportés, audacieux, colères, toujours prêts à frapper; leurs femmes se mêlaient volontiers de leurs querelles, et ne redoutaient pas plus le combat que leurs maris. Ils se piquaient de franchise et punissaient le mensonge et la supercherie. Ils étaient fort avides de nouvelles, et attendaient dans les places et sur les chemins les voyageurs pour en demander.

Les deux sexes se paraient de chaînes, colliers, bracelets, bagues et ceintures d'or. Ils fabriquaient eux-mêmes ces ornements ainsi que les étoffes de lin et de laine brochées d'or et d'argent, qui leur servaient de vêtements. Les hommes les portaient courts; ceux des femmes étaient longs.

Les hommes avaient droit de vie et de mort sur leurs femmes et leurs enfants. Ceux-ci n'accompagnaient leur père en public, que quand ils étaient en état de porter les armes.

La Gaule était composée d'une foule de petits états qui, chaque année, se réunissaient à l'effet d'élire un magistrat suprême pour l'administration, et un général pour les combats. Tous ces petits peuples formaient trois grandes divisions: les Belges, au nord de la Marne; les Aquitains au sud de la Garonne; les Celtes ou Gaulois, proprement dits, au centre de la Gaule.

Tout Gaulois naissait soldat; ni âge ni condition n'exemptait d'aller à la guerre; les guerriers combattaient à pied, excellaient surtout à l'exercice du cheval, et ils faisaient aussi la guerre sur des chariots armés de faux; leurs armes étaient : la hache, l'épée, la flèche, ils tiraient avec habileté de l'arc.

Les Gaulois juraient sur leurs étendards : ne pas les défendre ou abandonner leurs chefs, était une infamie.

Il est sorti des Gaules, en différents temps, des armées de cent et deux cent mille hommes; les unes ont été fonder des colonies au loin, les autres ont disparu anéanties par les combats : les émigrations se portaient vers le nord comme vers le midi, et il arriva fréquemment que les Gaulois qui, originairement étaient venus de la Germanie, y retournèrent et revinrent alors à leur berceau. Les colonies qui se dirigèrent vers l'Italie jetèrent souvent la terreur jusque dans Rome; un des chefs gaulois, Brennus, dicta même des conditions à cette ville puissante. Il était maître de Rome quand un secours inespéré força les Gaulois à s'éloigner.

Les deux nations, les Gaulois et les Romains, luttèrent près de deux siècles, avec des succès variés, entremêlés, d'ailleurs, de fréquentes suspensions d'armes; enfin la Gaule subit le joug de Rome cinquante ans avant l'ère chrétienne.

César, qui vainquit les Gaulois, sut tirer parti de l'esprit belliqueux de ces peuples, et il les employa à étendre ses conquêtes. Les Gaulois furent enrôlés dans ses légions, les hommes notables furent appelés au sénat romain, et un grand nombre de cités gauloises furent admises aux mêmes droits et aux mêmes priviléges que les cités romaines. Les Gaulois y gagnèrent un commencement de civilisation.

Auguste, l'an 27 avant Jésus-Christ, organisa sur un nouveau plan l'administration de la Gaule qu'il divisa en trois provinces : Aquitaine, Belgique et Lyonnaise. L'an 48 après la naissance de Jésus-Christ, l'empereur Claude assimila la Gaule à l'Italie, conféra aux Gaulois le droit d'être admis dans le sénat, et agrandit les écoles fondées par Auguste. Vingt années plus tard, le Boïen Marie souleva les paysans gaulois entre l'Allier et la Loire et chercha à affranchir sa patrie; mais il succomba et fut livré aux bêtes féroces par Vitellius. Après quelques nouvelles tentatives infructueuses pour fonder un empire des Gaules, les Gaulois suivirent toutes les destinées de Rome, le langage et les mœurs des deux peuples se fondirent ensemble.

Vers l'année 141, le christianisme, qui avait arboré l'étendard de la croix jusque dans Rome païenne, fit invasion dans les Gaules; dans ce pays les persécutions furent violentes, et le sang des martyrs répandu à profusion. Quarante-huit chrétiens furent donnés en spectacle à l'amphithéâtre de Lyon et soumis, tour à tour, aux supplices des chevalets, des plombs, des chaises de fer ardentes et des lacérations par les bêtes féroces.

Cependant les empereurs de Rome, exposés à voir les peuplades barbares pénétrer jusque dans le centre de l'empire, s'étaient décidés à transporter leur résidence bien loin de là, dans la ville de Constantinople, et à faire de celle-ci la nouvelle capitale de l'empire. La Gaule abandonnée aussi à elle-même, était une proie d'autant plus facile, que les peuplades de la Germanie qui la convoitaient, trouvaient des alliés dans la troupe des Germains auxiliaires appelés par les Romains. Ces hordes passèrent le Rhin en troupes nombreuses et confuses.

Ce furent d'abord les Huns qui, après avoir envahi la Gaule sous Attila, furent battus à Châlons, et se rejetèrent sur l'Italie. Ensuite survinrent les Alains, habitants de la Sarmatie, fuyant eux-mêmes devant les Huns; ils traversèrent le Rhin, ravagèrent la Gaule et l'Espagne et s'établirent en Portugal. Les Vandales, sortis de la Suède, s'unirent aux Alains et se dirigèrent avec eux sur l'Espagne et sur l'Afrique; puis les Visigoths, les Hérules, les Suèves et autres peuplades; puis les Bourguignons qui ont laissé un nom plus durable dans l'histoire, et les Francs qui ont donné leur nom au sol de l'ancienne Gaule, et qui, en 416, avaient pour limites de leur établissement le Rhin, la Meuse et la Moselle, d'où ils prirent le nom de Ripuaires, par opposition aux peuples situés sur l'Océan qui reçurent celui d'Armoriques ou maritimes. Alors les Francs élirent un chef unique; et c'est à cette époque qu'il faut placer le commencement de la chaîne monarchique dont Pharamond est le premier anneau.

Le Pavois.

PREMIÈRE RACE,

Dite des MÉROVINGIENS.

Soldat gaulois.

Pharamond. — Clodion. — Mérovée. — Childéric.

De l'an 420 *à l'an* 481.

Pharamond fut le premier roi qui domina sur la totalité des peuples qui composaient la ligue ou l'association des Francs. Quelques historiens mettent son existence en doute ; d'autres, en plus grand nombre, se croient fondés à dire qu'il fut élu chef des Francs vers l'année 420 pendant les règnes de Théodose, empereur d'Orient, et d'Honorius, empereur d'Occident. On croit Pharamond fils de Marcomir, chef franc retenu pri-

Soldat visigoth

sonnier par les Romains, qui se vengèrent par sa captivité, des excursions qu'il faisait en deçà du Rhin, mais rien de positif n'est acquis à l'histoire sur la vie ou les actions de Pharamond.

CLODION.

Clodion, dit *le Chevelu,* succéda à Pharamond, par droit de naissance et par droit d'élection. Au commencement de son règne ou à la fin de celui de son prédécesseur, Aétius, général romain, ayant tourné les armes de l'empire contre les Francs, les avait forcés de repasser le Rhin. Trois ans après son avénement au trône, Clodion voulut reconquérir le pays que le sort des armes lui avait enlevé. Il retrouva pour lui tenir tête Aétius, qui le contraignit à retourner sur ses pas; mais Clodion ne perdit ni le courage, ni l'espérance, et au bout de six ans il forma une nouvelle tentative, qui lui réussit mieux. Il s'avança vers la Belgique, s'empara des villes de Bavai et de Cambrai; les années suivantes il s'étendit jusqu'à la Somme, et fit d'Amiens la capitale de ses états malgré quelques échecs qu'il éprouva.

MÉROVÉE.

Après Clodion le Chevelu, Mérovée, qu'on croit son fils, devint le chef des Francs. Il fut, suivant l'usage de ces temps anciens, porté sur le pavois, espèce de bouclier sur lequel on élevait le roi le jour de son élection, afin de le montrer aux regards. Mérovée mérita, par son esprit guerrier et ses actions d'éclat, de donner son nom aux rois de la première race, qui se nommèrent *Mérovingiens*. Il recula, par ses conquêtes, les bornes de ses états. Attila, roi des Huns, surnommé le fléau de Dieu, ayant pénétré dans les Gaules avec une armée formidable, Mérovée, joint au général romain Aétius et au roi des Visigoths Théodoric, marcha contre Attila, le rencontra dans les plaines de la Champagne, tailla son armée en pièces et chassa le barbare des Gaules.

Mérovée, après un règne de huit ans, quitta le trône et la vie, et laissa pour successeur son fils Childéric.

CHILDÉRIC Ier.

Childéric prit les rênes de la monarchie en l'année 456; mais le désordre de sa conduite, ses penchants vicieux, lui ayant aliéné l'esprit de ses peuples, une révolte éclata, il fut chassé du trône, obligé de demander l'hospitalité au roi de Thuringe, et un nommé Égidius, Romain de naissance, fut élu en sa place. Son exil dura environ huit années.

Cependant un ami fidèle était resté à Childéric dans son infortune. Pour servir la cause du roi proscrit, Guinomand (c'est le nom de cet ami) se fit le courtisan d'Égidius, et, après l'avoir conseillé et lui avoir fait adopter des mesures qui lui retirèrent l'affection de son peuple, il fit connaître en secret au roi proscrit l'heureuse disposition des esprits en sa faveur. Childéric revint, attaqua son rival et reconquit son trône. Le reste de la vie de Childéric fut consacré à réparer ses premières fautes. Sa vie militaire ne fut pas sans éclat, il remporta des victoires contre les Saxons et les Allemands. Plusieurs villes tombèrent en son pouvoir, et après avoir régné vingt-cinq ans il mourut, en 481, laissant de son épouse Basine trois filles et Clovis, son fils, qui lui succéda. En 1653 on a découvert à Tournay le tombeau de Childéric Ier; ce tombeau contenait des abeilles d'or, les armes du prince, ses tablettes, un globe de cristal et un anneau d'or. Ces objets sont conservés à la Bibliothèque royale de Paris.

Assemblée du Champ-de-Mars.

Clovis I. — Childebert. — Clotaire. — Caribert. — Chilpéric. — Clotaire II. — Dagobert I.

De l'an 481 à l'an 638.

CLOVIS Ier.

Clovis, premier du nom, succéda à son père en l'an 467.

La première action du monarque qui soit connue, annonça à ses sujets un chef qui saurait se faire obéir. Un soldat possédait, entre les pièces de son butin, un vase d'or pris dans une église; le jeune roi le demanda pour en faire la restitution : « J'en veux la part qui m'appartient, » répond le soldat, et il frappe de sa hache le vase pour le diviser. Clovis dissimule pour le moment;

Costume royal.

mais, un an après, dans une revue générale, supposant quelque négligence dans la tenue du soldat, il lui arrache son arme et la jette à terre. Celui-ci se baisse pour la ramasser; le prince lui fend la tête d'un coup de francisque, espèce de hache: « Ainsi, dit-il, tu frappas le vase à Soissons! » Clovis n'avait que vingt ans, et cette action, faite en présence de toute l'armée, marqua une audace peu commune, dont il donna des preuves pendant toute la durée de son règne.

Clovis rendit la monarchie française la plus florissante de son temps. Il conquit tout l'État de Soissons, que les Romains tenaient encore, et qui s'étendait jusqu'au Rhin. Il réduisit sous sa puissance le Brabant, la Normandie et la Bretagne. Il soumit à son empire, par la fameuse victoire de Tolbiac, les pays habités par les Allemands, les Suèves, qui étaient descendus du fond de la Germanie pour lui disputer ses conquêtes; il s'empara de l'Aquitaine et de la Bourgogne, soumit l'Armorique, fixa sa résidence à Paris.

Clovis doit être considéré comme le premier roi franc et comme fondateur de la monarchie française.

Clovis épousa, l'an 492, Clotilde, seconde

fille de Chilpéric, roi de Bourgogne; elle était catholique. Peu de temps après cette union, une ligue contre les Francs se forme entre les Suèves et les Allemands; ils veulent leur enlever leurs richesses. Le roi des Francs, indigné, se dispose à leur opposer une vive résistance, et il se met en campagne. « Seigneur! lui dit son épouse en le voyant partir, vous allez à la guerre; mais si vous voulez remporter la victoire, invoquez le Dieu des chrétiens, il est le seul maître de l'univers, et il s'appelle le Dieu des armées. Si vous vous adressez à lui avec confiance, rien ne pourra vous résister; vous triompherez de vos ennemis, fussent-ils cent contre un! » Clovis rencontre ses ennemis aux frontières de son royaume. Il leur livre bataille à Tolbiac; mais le désordre est bientôt dans son armée : le choc est terrible; ses soldats, effrayés, sont sur le point de prendre la fuite, et il cherche inutilement à les rallier. Dans cette extrémité, il se rappelle les paroles de sa vertueuse épouse; il lève les yeux au ciel, d'où lui peut venir du secours, et il s'écrie avec larmes : « O Christ! que Clotilde invoque comme le fils du Dieu vivant, j'implore votre secours! Je me suis inutilement adressé à mes dieux; j'ai éprouvé qu'ils n'ont aucun pouvoir.

Je vous invoque donc, je crois en vous, délivrez-moi de mes ennemis, et je me ferai baptiser en votre nom. » A peine a-t-il prononcé ces mots, que sa cavalerie reprend courage; de la timidité elle passe à l'audace, et en un instant Clovis remporte la plus éclatante victoire.

Il ne pouvait méconnaître la toute-puissance du Dieu de Clotilde; aussi lui tardait-il de mettre son vœu à exécution.

La reine, ayant appris ce qui s'était passé, en rendit de grandes actions de grâces au Seigneur, et s'empressa de venir au-devant de son époux. Dès que ce prince l'aperçut, il lui cria : « Clovis a vaincu les Allemands, et vous avez triomphé de Clovis! ce que vous aviez tant à cœur est fait : mon baptême ne peut plus être longtemps différé. » Et la pieuse Clotilde, comblée de joie, lui répondit : « C'est au Dieu des armées qu'est due la gloire de ces deux triomphes. » Elle l'exhorta ensuite à persévérer dans ses résolutions; et elle lui présenta saint Remi, afin qu'il l'instruisît dans la foi.

Clovis répondit admirablement aux vœux du saint évêque, il se distingua par la ferveur la plus ardente; et ce Franc, naguère si peu traitable, s'adoucissait sensiblement, et soupirait [illegible]l.

après le jour où il aurait le bonheur d'être admis au nombre des disciples de Jésus-Christ.

Ce jour arriva... et Clotilde fit tout pour donner de l'éclat à cette cérémonie ; elle voulait par là frapper les sens d'un peuple barbare, et elle espérait lui inspirer du respect pour notre sainte religion. Clovis se présente donc pour recevoir le sacrement de la régénération, conduit par son épouse et les grands de sa cour. Lorsque saint Remi le vit approcher des fonts baptismaux, il lui dit : « Fier Sicambre, humiliez-vous ! adorez ce que vous avez brûlé jusqu'ici, et brûlez ce que vous avez adoré. » Puis il le baptisa, et avec lui sa sœur Alboflède.

La nation suivit l'exemple du prince : trois mille Français reçurent à la fois le baptême. sous la protection de Clovis, Remi étendit de tous côtés l'empire de Jésus Christ ; et la religion, répandant partout son influence, faisait le bonheur des peuples et avançait la civilisation.

La vie de ce prince a été toute de combats. Ses conquêtes font connaître ce qu'était le royaume à son avénement, et ce qu'il est devenu par lui ; il y réunit, soit par traités, soit de vive force, la Touraine, le Maine, l'Anjou et la Bretagne. Un siége le rendit maître de Verdun et des pays adjacents, il subjugua l'Aquitaine, composée de l'Albigeois, du Rouergue, du Quercy et de l'Auvergne; l'augmenta de la Saintonge, du Poitou, du Bordelais et du pays de Toulouse. Cette dernière conquête fut le fruit d'une victoire remportée, près de Poitiers, sur Alaric II, roi des Visigoths, qui y perdit la vie. Quelques-uns de ses capitaines restèrent dans le midi de la France, où ils fondèrent des royaumes, qui ensuite se sont divisés en petites principautés, lesquelles n'ont été réunies au corps de la monarchie que mille ans après.

Clovis, avant de marcher contre les Visigoths, demanda le consentement de la nation, qu'il convoqua en plein champ, dans le mois de mars. Ces réunions, imitées par ses successeurs, et dont lui-même tenait peut-être l'exemple de ses prédécesseurs, ont été nommées assemblées du *Champ-de-Mars*, et assemblées du *Champ-de-Mai* quand elles ont changé de mois. On y paraissait armé, prêt à combattre; les soldats juraient sur leurs drapeaux, pour lesquels ils avaient une vénération religieuse. Dans l'assemblée que tint Clovis, ils s'engagèrent par serment à ne se point raser la barbe qu'ils n'eussent vaincu les troupes d'Alaric.

Cette guerre contre les Visigoths fut comme une conspiration de tous les habitants de la Gaule ; les Romains, qui en possédaient encore quelques parties et qui y conservaient des troupes, se joignirent aux Francs. Anastase, empereur d'Orient, qui prenait toujours le titre d'empereur romain, quoique siégeant à Constantinople, envoya à Clovis des lettres de *consul*, d'*auguste* et d'*empereur*, avec les ornements de cette dignité. Ce prince s'en revêtit dans l'église de Saint-Martin de Tours ; il ceignit aussi son front du diadème, et, à l'occasion de cette cérémonie, il fit de grandes largesses au peuple.

Les succès de Clovis ne furent point sans mélange de revers : Théodoric, roi des Ostrogoths, tuteur et aïeul d'Amalric, fils d'Alaric, battit, près d'Arles, les Francs, commandés par Thierry, fils aîné de Clovis, et il prit possession de tout le pays qui est entre les Alpes et le Rhône.

Il est à regretter que Clovis ait fait une tache à ses victoires par des actes de cruauté et de basse vengeance. Il avait autour de ses états plusieurs petits rois dont le voisinage l'inquiétait, il fit tuer Sigebert, roi de Cologne, par Cloderic son fils; puis il envoya des assassins qui tuèrent aussi le fils, et il s'empara du trésor et du royaume. Sous des prétextes légers, il déclara la guerre à Cararic, qui régnait dans la Belgique; il le força de se rendre à lui, ainsi que son fils, et, quand il les tint en sa puissance, il les contraignit de se faire couper les cheveux, et les renferma dans un cloître. Le fils de Cararic ayant dit que *le tronc n'étant pas coupé, les feuilles repousseraient*, Clovis fit mourir le fils et le père.

Trois des parents de Clovis, Rapalaire, Regnier et Rignomer, devinrent aussi victimes. Rignomer demeurait dans la ville du Mans, et y portait le titre de roi; Clovis l'en tira, et le fit assassiner. Les deux autres régnaient à Cambrai. Clovis gagna des traîtres qui les lui livrèrent; les voyant à ses pieds, il dit à Rapalaire : « Pourquoi as-tu déshonoré notre race en te laissant lier comme un esclave? » A Regnier, il dit : « Pourquoi n'as-tu pas défendu ton frère, et as-tu souffert qu'on l'ait garrotté? » et il leur fend lui-même la tête de sa hache d'armes. Il avait gagné par des promesses et des présents les traîtres qui lui avaient livré ses parents. Quand ils eurent reçu ce prix du sang, ils reconnurent que les bijoux n'étaient que de cuivre, au lieu d'être d'or, comme ils s'y attendaient; ils se plaignirent de la supercherie : « C'est, répondit Clovis, encore trop pour vous, qui mériteriez la potence pour la trahison que vous avez faite à vos rois. »

Tout en détestant les barbaries de Clovis, l'histoire lui doit des louanges pour les grandes choses qu'il a faites.

Lorsque Clovis Ier mourut, Thierry avait vingt-huit ans et un fils nommé Théodebert; Clodomir, roi d'Orléans, avait dix-sept ans; Childebert, roi de Paris, treize ans; et Clotaire, roi de Soissons, douze ans. L'aîné se retira dans son Austrasie, les trois autres frères restèrent dans la Neustrie.

Après quelques années, que leur grande jeunesse rendit tranquilles, ils attaquèrent Sigismond, roi de Bourgogne, fils de Gondebaud, leur grand-oncle, comme détenteur injuste du bien de leur mère. Clodomir fut celui des frères qui eut la plus grande part à cette guerre; il prit Sigismond et le fit mourir avec sa femme et ses enfants. Gondemard, frère de Sigismond, se plaça sur le trône de Bourgogne, et le défendit contre Clodomir, qui fut tué.

Après un règne de 30 ans Clovis mourut,

et Clotilde se retira à Tours, près du tombeau de saint Martin, et finit sa vie dans les prières et les austérités.

Clovis laissa quatre fils, Thierry, Clodomir, Childebert et Clotaire.

Le royaume fut divisée en quatre parties, dont chacune échut à un des fils de Clovis ; et ces quatre parties formèrent les royaumes de Paris, d'Orléans, de Soissons, et de Metz.

Le sort décida du partage.

CHILDEBERT 1er.

A la bataille de Voiron, que ses soldats gagnèrent, Clotaire et Childebert venant alors en force contre Gondemard le firent prisonnier, l'enfermèrent dans une tour où il mourut, et réunirent la Bourgogne à leurs états.

Le royaume des Bourguignons, qui avait commencé dans les Gaules vers l'an 413, finit ainsi après avoir duré cent vingt ans, et précisément à la même époque où finissait aussi en Afrique celui des Vandales.

Il eût été juste de laisser au moins une partie du royaume de Bourgogne aux enfants de Clodomir, dont les premiers efforts avaient préparé les succès de ses deux frères; mais ceux-ci, non contents de priver de cette conquête leurs neveux, résolurent de leur ravir même l'héritage de leur père.

Clotaire égorge de sa propre main l'aîné de ses neveux, âgé de dix ans ; le second effrayé se précipite aux genoux de Childebert, les embrasse et lui demande la vie : l'oncle paraît touché ; Clotaire lui reproche son émotion, arrache l'enfant et le massacre sur le corps de son frère. Le troisième, nommé Clodoald, fut sauvé ; il vécut près de Paris dans un ermitage où il se sanctifia, et qui depuis a pris le nom de Saint-Cloud.

Thierry n'eut point de part à cet horrible assassinat ; cependant il demanda sa part de la dépouille et obtint l'Anjou, et son fils Childebert ne tarda pas à lui succéder.

Après avoir fait avec Clotaire une guerre heureuse aux Visigoths d'Espagne, Childebert mourut à quarante-sept ans et laissa deux filles qui ne lui succédèrent pas, en vertu de la loi salique qui excluait les femmes du trône, elles moururent dans une prison où leur oncle Clotaire les fit enfermer.

CLOTAIRE Ier.

Clotaire devint le seul chef de l'empire français, comme avait été Clovis son père. Il le fut à peine trois ans, encore s'écoulèrent-ils dans des chagrins cuisants, juste châtiment des tortures qu'il avait fait endurer aux autres.

Il avait un fils nommé Chramme; il se révolta souvent : vaincu, puis rentré en grâce, il reprenait encore les armes. Dans une dernière rébellion, son père jugea à propos de châtier lui-même le coupable : il marcha contre lui. Le combat s'engagea en Bretagne, sur le bord de la mer; Chramme fut battu : il aurait pu se réfugier sur des vaisseaux qu'il tenait en rade; mais il voulut sauver sa femme et ses enfants, et fut pris avec eux.

Par ordre de Clotaire, le coupable fut lié sur un banc dans une chaumière où il s'était réfugié avec les siens, battu de verges, étranglé; puis on mit le feu à la cabane, où ils furent tous consumés.

La vengeance satisfaite fit place aux remords, on vit bientôt Clotaire errant dans les campagnes, allant de ville en ville, demandant aux hommes célèbres par leur piété des consolations, sans jamais pouvoir se distraire de sa douleur; il la porta jusqu'au tombeau.

Quand il finit sa carrière, il était âgé de soixante-quatre ans; il avait eu six femmes et il laissa quatre enfants, Caribert, Gontran, Sigebert et Chilpéric, entre lesquels fut partagé le royaume.

En ce moment il se repentit de ses actes de cruauté et dit ces paroles : « Que pensez-vous que soit le roi du ciel, qui fait ainsi mourir les rois de la terre, ? »

CARIBERT.

Caribert ou Chérébert, fils de Clotaire Ier, monta sur le trône du royaume de Paris, qui lui échut en partage à la mort de son père; il posséda aussi l'Aquitaine. Ce prince, qui avait de brillantes qualités, ne sut pas assez commander à ses passions, il épousa et répudia tour à tour plusieurs femmes.

Ses écarts furent si répréhensibles que saint Germain, évêque de Paris, qui avait déjà plusieurs fois adressé au prince de sévères réprimandes, fut contraint de l'excommunier.

La sentence d'excommunication était alors une véritable malédiction lancée sur le coupable. Elle déliait les sujets du serment de fidélité envers les princes excommuniés; elle séparait ceux-ci de leurs serviteurs les plus intimes et les plus dévoués. L'excommunié ne devait plus ni se soigner les cheveux, ni la barbe, ni aller au bain, ni même changer de vêtements.

Caribert mourut l'an 567, après sept ans de règne, ne laissant que des filles.

CHILPÉRIC Ier.

Chilpéric Ier, troisième fils de Clotaire Ier, voulut avoir Paris pour partage à la mort de son père, mais ses frères s'y opposèrent; et les quatre lots étant tirés au sort, le royaume de Soissons lui échut en partage.

Il fit peser sur ses peuples des tributs si onéreux que ses sujets désespérés abandonnèrent leurs propriétés.

Ce prince épousa Galsuinthe, fille d'Athanasilde, roi des Visigoths et sœur de Brunehaut, qui était mariée à son frère Sigebert, roi d'Austrasie; mais quelque temps après, Galsuinthe fut trouvée étranglée dans son lit.

Le soupçon de ce crime tomba sur le roi et sur Frédégonde, sa favorite; et ce qui donna du poids à cette croyance, c'est que Chilpéric épousa, après la mort de Galsuinthe, celle qui passait pour sa complice. Brunehaut appela à la vengeance de sa sœur Sigebert, son mari, et Gontran, frère de Chilpéric.

Ils prirent les armes contre ce dernier, qu'ils dépouillèrent d'une partie de ses états. Les chances des combats devinrent tour à tour favorables et funestes aux combattants. Gontran s'étant séparé de Sigebert et réconcilié avec Chilpéric, ils attaquèrent Sigebert, qui soutint leur agression avec beaucoup de succès, et Chilpéric fut obligé de se renfermer dans Tournai, où il fut assiégé. Frédégonde, pour dégager son mari, fit assassiner Sigebert dans sa tente, par des émissaires à sa solde.

Chilpéric sortit de Tournai, emprisonna Brunehaut, son fils Childebert et ses deux filles. Mérovée, fils de Chilpéric, épousa Brunehaut à Rouen et la délivra; mais son père, qui ne pouvait lui pardonner, le força bientôt de se faire donner la mort.

Frédégonde, qui avait vu périr ses trois enfants, fit assassiner Clovis, dernier fils du premier lit de Chilpéric, en l'accusant de les avoir empoisonnés.

En 584 la paix se fit entre les trois rois; et Chilpéric, revenant de la chasse, fut assassiné dans la cour du palais de Chelles, bourg situé aux environs de Paris.

Frédégonde, sa femme, et un serviteur nommé Landry furent accusés de ce crime.

Chilpéric mérita le surnom de Néron des Francs. Il régna dix-huit ans.

CLOTAIRE II.

Clotaire II, fils de Chilpéric et de Radegonde, succéda à son père en 585, à peine âgé de quatre mois, ce qui le fit surnommer Clotaire-le-Jeune.

Sa mère Frédégonde fut nommée régente et administra le royaume sous la protection de Gontran, roi de Bourgogne, oncle du jeune roi.

Clotaire soutint une longue guerre contre Childebert, roi d'Austrasie. Il remporta aussi des victoires contre les Saxons. Lorsqu'il fut arrivé à l'âge de prendre lui-même les rênes de l'empire, Brunehaut, l'ennemie de sa mère, tomba en son pouvoir et il la fit mourir dans les tortures.

Comme son prédécesseur, il régna sur tous les états francs de la Gaule. Il mourut en 628, âgé de quarante-cinq ans.

DAGOBERT Ier.

Dagobert Ier, surnommé le Grand, fils de Clotaire II et de Bertrade, naquit vers l'an 604 et monta en 622 sur le trône d'Austrasie. Son père le lui céda de son vivant, parce que Paris, capitale de tout le royaume des Francs, alors réuni dans ses mains, lui semblait trop éloigné de la France austrasienne pour qu'il pût de là gouverner sans péril. Après la mort de Clotaire arrivée en 628, Dagobert fut reconnu roi de tout le pays des Francs; mais son frère Caribert voulut lui disputer son titre. Caribert fut vaincu, et obtint de la générosité de son frère quelques terres entre la Loire et les Pyrénées.

Dagobert donna des preuves de grande habileté dans l'administration de son royaume, il protégea les arts encore grossiers, il fit bâtir l'abbaye de Saint-Denis, l'enrichit de dons précieux et la fit couvrir de lames d'argent. Quelques-uns croient qu'il y déposa l'oriflamme, riche bannière que les rois de France vinrent depuis chercher en grande cérémonie quand ils allèrent aux combats; et qu'ils rapportaient ensuite à Saint-Denis, où elle restait sous la garde des prêtres de cette abbaye.

Dagobert était vaillant et pieux, et aimait à rendre lui-même la justice dans les assemblées publiques.

Après un règne de dix ans, Dagobert Ier mourut à Épinal. Il fut le premier roi de France enterré à Saint-Denis.

Défaite des Sarrasins.

Clovis II. — Clotaire III. — Childéric II. Thierry I. — Clovis III. — Childebert II. — Dagobert II. — Clotaire IV. — Chilpéric II. — Thierry II. — Childéric III.

De l'an 638 à l'an 754.

Maire du palais.

CLOVIS II.

Clovis II, fils de Dagobert et de la reine Nantilde, monta sur le trône à l'âge de quatre ou cinq ans. Le maire du palais Éga fut son tuteur, et administra en homme sage et habile.

Les maires du palais étaient sous la première race des rois de France, les officiers chargés du gouvernement intérieur du palais. Plus tard leur autorité s'étendit et balança souvent le pouvoir souverain ; tous ne furent pas comme Éga des amis dévoués à la gloire de leurs maîtres.

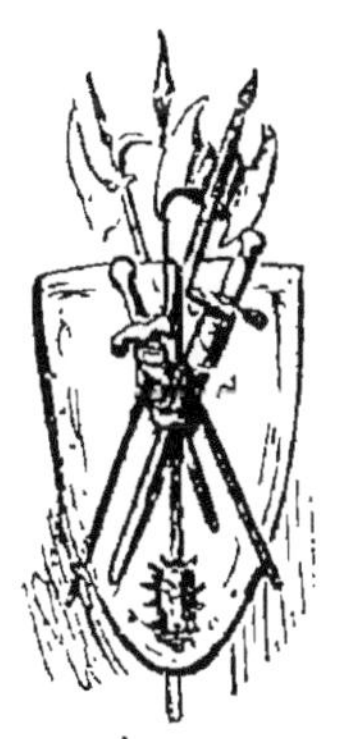

Armes.

Lorsque Clovis eut atteint l'âge de régner, le maire du palais lui remit les rênes du gouvernement; il les tint d'une main ferme et habile. Clovis se fit surtout remarquer par son ardent esprit de charité. Une famine s'étant fait sentir, il fit distribuer aux pauvres tout ce que ses coffres contenaient; et, quand ils furent vides, le prince ordonna qu'on ôtât les lames d'argent qui couvraient l'abbaye de Saint-Denis, afin de créer de nouvelles ressources à sa bienfaisance.

Clovis II épousa une jeune esclave anglaise nommée Batilde, il en eut trois fils : Clotaire III, Childéric II, Thierry Ier.

Il mourut à l'âge d'environ 23 ans, après avoir régné 18 ans. Bien que l'histoire ait été juste en ce qui concerne les éloges donnés aux vertus de ce prince, elle a été cependant sévère en faisant commencer au règne de ce monarque le règne des princes auxquels leur incapacité ou leur insouciance ont fait donner le surnom de *rois fainéants*.

CLOTAIRE III.

Clotaire III régna aussitôt après la mort de Clovis II son père ; âgé de cinq ans, il fut placé sous la tutelle intelligente de la reine Batilde sa mère, dont le nom devint un objet de vénération pour le peuple, dont elle prenait les intérêts et soulageait les souffrances.

Il eût été à désirer que cette tendre mère conservât long-temps le pouvoir, mais le maire du palais Ébroïn la contraignit à force de violence et d'injustice à vivre dans la retraite. Elle se retira dans un monastère à Chelles.

L'ambitieux Ébroïn, n'ayant plus à combattre qu'un roi enfant, ne mit plus de frein à son audace, il se rendit maître absolu du royaume; et Clotaire étant venu à mourir à l'âge de dix-huit ans, le maire du palais plaça sur le trône Thierry, le plus jeune des frères du roi défunt, espérant régner encore sous le nom de ce prince en bas âge : mais les grands du royaume, voulant châtier le mépris que le maire du palais avait fait d'eux en les éloignant du conseil, se révoltèrent contre ce choix, et donnèrent la couronne à Childéric, roi d'Austrasie.

CHILDÉRIC II.

Childéric II, fils de sainte Batilde, élu roi par les grands du royaume, qui soutinrent ses droits, signala son avénement au trône par le châtiment qu'il infligea au maire du palais Ébroïn. Il le fit renfermer dans un couvent, il obligea aussi son frère Thierry, qui avait accepté la couronne, à se retirer dans l'abbaye de Saint-Denis.

Saint Léger, évêque d'Autun, fut investi des fonctions dont le roi venait de dépouiller Ébroïn. Les sages conseils de ce pieux prélat eurent long-temps une heureuse influence sur les actions du roi ; mais Childéric, emporté par ses mauvais penchants, voulut secouer le joug de tutelle paternelle que faisait peser sur lui le prudent évêque.

Saint Léger, menacé par son ingrat élève, fut contraint de chercher un refuge dans un cloître.

Après la retraite de saint Léger, le vertige sembla s'emparer de Childéric. Il se livra à tous les excès imaginables, sa cruauté et son despotisme ne connurent plus de bornes : il fit charger de chaînes et fouetter de verges un seigneur qui n'avait commis aucune faute.

Ce seigneur, nommé Bodillon, ne respira plus que vengeance, et l'occasion s'étant présentée favorable, à un retour de chasse, près de Rouen, il assassina Childéric, Batilde son épouse et Dagobert son fils aîné. Daniel, le second fils, échappa aux meurtriers et trouva refuge dans un monastère.

Childéric n'avait régné que trois ans.

THIERRY.

Thierry, après la mort de son frère Childéric, reconquit la liberté que celui-ci lui avait ravie, il sortit de l'abbaye de Saint-Denis et monta sur le trône.

L'ancien maire du palais Ébroïn ayant soutenu l'usurpation d'un Clovis qu'il voulait faire roi, Thierry lui disputa la couronne et conquit le trône qui lui appartenait déjà par le droit de naissance.

Le prélat saint Léger, qui avait appuyé les justes prétentions de Thierry, fut assassiné par les ordres d'Ébroïn, qui obligea le monarque à le reconnaître pour maire du palais.

Cet acte de faiblesse et l'incapacité de Thierry le firent ranger au nombre des rois fainéants.

Le maire du palais Ébroïn fut immolé à quelque haine de cour. Il mourut assassiné en 688.

Thierry voulut forcer les Austrasiens à le reconnaître pour leur souverain, ceux-ci se choisirent pour duc Pepin d'Héristal ; on en vint aux mains et Thierry fut contraint d'accepter Pepin, vainqueur, comme maire de son palais, ou plutôt comme véritable roi de France.

Thierry régna environ dix-huit ans, et mourut en 691.

Clovis et Childebert, ses deux fils, lui succédèrent.

CLOVIS III.

Clovis III, fils de Thierry, monta sur le trône après la mort de son père, il était âgé de onze ans. Sa puissance ne fut qu'une fiction. Le pouvoir réel était entre les mains du maire du palais Pepin d'Héristal qui continuait à régner sous le nom du fils, comme il avait régné sous le nom du père.

A l'exception de quelques avantages militaires remportés sur les Suèves et les Saxons, le règne de Thierry se passa sans gloire ; ce règne de courte durée, fut une sorte de léthargie qui mérita au prince le titre de roi fainéant. Il mourut à l'âge de quinze ans, sans laisser soupçonner qu'il y eût en lui rien de ce qui constitue la haute intelligence ou les grandes qualités du cœur.

CHILDEBERT II.

Childebert II monta sur le trône après la mort de Clovis III son frère ; il était à peine âgé de douze ans quand il fut proclamé roi, ce qui lui valut le surnom de Jeune.

Pendant la minorité du prince, Pepin d'Héristal, maire du palais, gouverna le royaume et imposa à son roi le joug de son autorité.

Quelques peuples ayant tenté de secouer la domination gauloise furent vaincus par le maire du palais, dont les victoires affermirent encore la puissance.

Après un règne de seize ans, pendant lequel il donna des preuves nombreuses de sa bienfaisance, de sa piété et de son amour pour la justice, Childebert mourut et laissa le trône à son fils Dagobert, âgé de onze ans.

DAGOBERT II.

Pepin, qui gouvernait le royaume depuis le règne de Thierry Ier, continua l'usurpation de la puissance royale sur le règne du nouveau roi. Cet empiétement était justifié en quelque sorte par les grandes qualités du maire du palais, qui se montra administrateur éclairé et grand homme de guerre. Sa mort, arrivée sous le règne de Dagobert, prouva combien sa vie était utile. Dagobert, trop faible pour continuer Pepin, laissa complaisamment le soin des affaires publiques à Plectrude, femme du maire du palais.

Mais les sujets de Dagobert, humiliés de l'obéissance à une femme qu'on leur imposait, se révoltèrent et élurent pour maire du palais un des plus puissants seigneurs de la cour de Dagobert, nommé Rainfroy, qui succéda à Pepin et imita son prédécesseur, en ne laissant au monarque qu'une ombre d'autorité.

Dagobert mourut à peu près une année après la mort de Pepin. Il avait régné près de cinq ans.

Après la mort de Dagobert, Rainfroy, le maire du palais, fit proclamer roi Daniel, fils de Childéric II; mais Charles Martel, fils de Pepin d'Héristal, proclamé depuis peu duc et prince en Austrasie, força Daniel à descendre du trône et il fit roi Clotaire IV, dont l'histoire n'a pas conservé les titres généalogiques. On ignore de qui ce prince était fils.

Ce prince, classé parmi les rois fainéants, mourut après un règne de dix-sept mois.

CLOTAIRE IV.

Après la mort de Dagobert, Rainfroy, maire du palais, fit proclamer roi Daniel, fils de Childéric II; mais Charles-Martel, fils de Pepin d'Héristal, le força, après plusieurs défaites, à descendre du trône, et mit à sa place Clotaire IV, qui passa presque inaperçu sur le trône et, roi fainéant, mourut après un règne de dix-sept mois.

CHILPÉRIC II.

Le roi qui prit en montant sur le trône le nom de Chilpéric II, se nommait auparavant Daniel; il était fils de Childéric II, et ce fut lui que Charles Martel fit descendre du trône pour mettre à sa place Clotaire: mais après la mort de Dagobert, Childéric sortit du cloître où il était relégué et prit possession du titre de roi.

Charles Martel, en restituant le trône à Chilpéric, ne lui laissa que peu de puissance; il se réserva la plus large part possible d'autorité qu'il exerça à l'ombre du titre de maire du palais.

Ce roi, qui régna quatre ans en deux fois, a

pris rang parmi les princes que l'histoire nomme rois fainéants.

THIERRY II.

Charles Martel, qui avait consenti à n'être que le maire du palais de Chilpéric, se résigna encore à cacher, sous ce modeste titre, toute sa puissance; il fit sortir de l'abbaye de Chelles le fils de Dagobert II et il le mit sur le trône sous le nom de Thierry II.

En 725, Charles Martel entreprit une guerre contre les peuples voisins des Francs. Eudes, duc d'Aquitaine, ayant rompu la paix, essuya deux défaites.

L'année suivante, Abdérame, chef des Sarrasins, passa la Garonne pour combattre Eudes, qui avait favorisé la révolte d'une de ses provinces; Eudes appela Charles Martel à son secours, et les Sarrasins furent défaits dans une grande bataille entre Tours et Poitiers. On a raconté qu'ils perdirent plus de trois cent mille hommes. Cette victoire valut à Charles le surnom de Martel, qui signifie marteau, masse d'armes, allusion à la force prodigieuse qu'il montra ou peut-être à l'arme avec laquelle il frappa de terribles coups.

En 733, Charles Martel battit les Saxons, puis les Frisons, leur fit embrasser le catholicisme et les réunit à la France.

Le roi Thierry étant mort à l'âge de vingt-trois ans, Charles Martel ne s'occupa pas de lui donner un successeur, il continua à gouverner sous le titre de duc des Francs, et après quatre ans d'une administration habile et glorieuse il mourut, laissant à son nom une grande renommée et à ses fils Carloman et Pepin-le-Bref, l'héritage de son pouvoir.

CHILDÉRIC III *dit* L'INSENSÉ.

Les fils de Pepin suivirent l'exemple de leur père. D'abord, ils ne voulurent régner qu'au second rang; et ils placèrent au premier Childéric, que l'on croit fils de Thierry II : ils le tirèrent du fond d'un couvent, lui mirent la couronne sur la tête ; mais ils gardèrent en main les rênes du pouvoir.

Trop jeune et trop faible pour tenter de se soustraire à la domination des maires du palais, Childéric fit comme ses prédécesseurs, il subit le joug.

Cependant Pepin, plus ambitieux que son père, se lassa de voir au-dessus de lui même l'ombre d'un pouvoir supérieur ; en 752, il déposa de son autorité Childéric III, que sa soumission puérile fit surnommer l'Insensé, et il l'enferma dans l'abbaye de Sithien, depuis Saint-Bertin, à Saint-Omer, où il reçut la tonsure ecclésiastique : il mourut en 754, après neuf années de règne.

Avec Childéric III finit la dynastie mérovingienne, qui avait régné plus de trois cents ans.

Sous la première race, la nation était divisée en trois classes : 1° les hommes libres, qui étaient les maîtres absolus de ce qu'ils posssédaient ; 2° les leudes ou affranchis, qui pouvaient faire valoir des terres en payant une redevance à ceux dont ils tenaient la liberté ; mais ils étaient attachés à la glèbe : c'est-à-dire qu'ils devaient de père en fils cultiver la portion de terre qui leur était confiée sans jamais pouvoir la quitter ; 3° les serfs, ou esclaves, qui ne jouissaient d'aucune espèce de liberté, et que l'on vendait au marché : ils étaient esclaves par naissance ou par le sort de la guerre.

Force et courage de Pepin-le-Bref.

DEUXIÈME RACE.

CARLOVINGIENS.

Pepin-le-Bref. — Charlemagne. — Louis I, dit le Débonnaire. — Charles le Chauve. — Louis II, dit le Bègue. — Louis III.

De l'an 751 *à l'an* 877.

Charlemagne.

PÉPIN LE BREF.

Pepin, après avoir déposé Childéric, exerça le pouvoir royal, mais il voulut donner à son usurpation une sanction qui la légiti ı ât. Il renouvela une cérémonie sainte en usage chez les anciens Israélites; et à l'exemple de Saül et de David, qui furent sacrés par Samuel, Pepin se fit sacrer dans la cathédrale de Soissons par Boniface, arche-

Moine.

vêque de Mayence. Le prélat l'oignit d'huile bénite. L'année suivante, le pape Étienne renouvela cette cérémonie et sacra lui-même Pepin et ses deux fils à Reims.

Du règne de Pépin date la coutume du sacre, depuis elle eut toujours lieu dans la cathédrale de Reims. L'archevêque, avec l'huile gardée dans la Sainte-Ampoule, faisait au roi sept onctions : au sommet de la tête, à la poitrine, entre les deux épaules, sur les deux épaules et aux jointures des deux bras.

Le prince, revêtu de ses habits royaux et de tous les ornements qu'on avait placés sur l'autel, recevait ensuite la communion, et, après avoir donné le baiser de paix à tous les prélats et aux grands du royaume, il quittait la cathédrale pour se rendre au palais archiépiscopal, où il se dépouillait de sa tunique et la rendait à l'archevêque pour être brûlée à cause de la sainte onction.

Le règne de Pepin fut marqué par des combats glorieux : en 752 il rendit les Saxons ses tributaires, il imposa la paix à Astolphe, roi des Lombards, et le contraignit de lever le siége de Rome, couvrant de sa protection le pape Étienne III, qui le déclara le défenseur de l'Église romaine ; il arracha la ville de Narbonne aux Sarrasins ; il dirigea contre la Septimanie et l'Aquitaine diverses expéditions qui réussirent ; il s'empara d'Agen, de Toulouse et d'Alby.

Pepin était cité pour son courage individuel, qui allait souvent jusqu'à la témérité. Il assistait un jour, avec toute sa cour, à un combat de bêtes féroces, amusement barbare alors fort en usage; un lion monstrueux étreignait fortement un taureau qui était au moment de succomber : Pepin demanda à ses courtisans quel était celui d'entre eux qui pourrait faire lâcher prise au lion ; personne ne voulant prendre la responsabilité d'une tâche aussi périlleuse, Pepin descendit dans l'arène et d'un coup de sabre il coupa la tête au lion.

Ce fut Pepin-le-Bref qui introduisit dans l'armée l'usage de la cavalerie. Le cavalier était presque invulnérable, il était couvert de fer depuis les pieds jusqu'à la tête, et son cheval en était également bardé.

Après un règne de dix-sept ans, Pepin, qu'on avait surnommé le Bref à cause de sa petite taille, mourut à Saint-Denis d'une hydropisie.

CHARLEMAGNE.

Quarante-sept années d'un règne heureux, glorieux, des victoires multipliées, les barbares repoussés des frontières et subjugués, les factions éteintes, des lois sages mises en vigueur, les sciences protégées, voilà ce qui donne de l'illustration à Charles Ier, connu sous le nom de Charlemagne, prince qui tient un rang distingué entre les plus grands souverains de la monarchie française.

Le partage que Pepin avait fait de ses états entre ses deux fils, subit des changements. Charles, âgé de vingt-quatre à vingt-cinq ans, fut couronné à Noyon roi de Bourgogne et de Neustrie ; et Carloman, âgé de dix-huit ans, le fut à Soissons comme roi d'Austrasie, de laquelle dépendait une grande partie de l'Allemagne. Carloman étant venu à mourir, la couronne semblait devoir appartenir à ses fils; mais les seigneurs austrasiens la donnèrent au roi de Neustrie, sans qu'il la sollicitât, et Charlemagne devint ainsi seul monarque de toute la France.

Didier, roi des Lombards, chez lequel s'étaient réfugiés deux des neveux de Charles qui se croyaient en droit de se plaindre, voulut s'emparer de l'Italie. Le pape Adrien Ier appelle Charlemagne à son secours, les Francs passent les Alpes, Didier est vaincu, son armée taillée en pièces; lui, fait prisonnier, est renfermé dans un cloître, et Charlemagne vainqueur se fait couronner roi des Lombards.

Charlemagne eut encore à soutenir une longue guerre contre les Saxons commandés par leur chef, l'intrépide Witikind. Cette guerre dura trente-trois ans et finit par la conversion au catholicisme, d'une grande partie de la nation saxonne; après de nombreuses tentatives pour secouer le joug des Francs, Witikind lui-même se soumit et reçut le baptême.

De l'Allemagne, Charlemagne passa en Italie pour soutenir les droits de l'Église contre les prétentions des princes de Lombardie.

D'Italie, Charlemagne passa en Espagne pour remplir la promesse qu'il avait faite à quelques émirs de les protéger contre les prétentions injustes de plusieurs califes. Le début de son expédition fut heureux et brillant; il prit la ville de Pampelune. Mais bientôt la chance des combats tourna contre lui, et les efforts des troupes de Charlemagne échouèrent devant les remparts de Saragosse; les Francs furent obligés de battre en retraite, et leur arrière-garde fut taillée en pièces par les Basques dans la vallée de Roncevaux : Charlemagne y perdit son neveu, le paladin Roland, qui périt dans la mêlée avec les plus courageux capitaines de l'armée.

Charlemagne sut déjouer par ses armes une conspiration tramée par cinq peuples coalisés : les Grecs, les Lombards-Vénitiens, les Bavarois, les Avares et les Sarrasins, qui devaient l'attaquer en même temps. Prévenu par le pape Adrien, il repoussa les Grecs, battit les Bavarois, réunit la Bavière à ses états, et soumit les autres peuples à ses lois et au christianisme.

Charlemagne aimait et protégeait les lettres et les savants. Les ouvrages des anciens avaient été conservés par les copies que les moines en avaient faites dans le calme du monastère. Charlemagne donna une attention particulière à ce genre de travail, il l'introduisit jusque dans son palais; les princesses, ses filles, s'en occupèrent, les religieuses s'y appliquaient encore : ainsi les manuscrits se multiplièrent par ses soins.

Charlemagne se plaisait à parcourir les écoles : « Étudiez, avait-il coutume de dire, appliquez-vous, rendez-vous habiles, je vous récompenserai, et il ne se passera pas un moment où je ne m'empresserai de vous témoigner mon contentement. » Il présidait lui-même aux examens. Mécontent, un jour, du peu de progrès des jeunes étudiants qu'il rassemblait dans l'école de son palais, il leur dit : « Parce que vous êtes riches, parce que vous êtes fils des premiers de mon royaume, vous croyez que votre naissance et vos richesses vous suffisent, que vous n'avez pas besoin de ces études qui vous feraient tant d'honneur. Vous vous complaisez dans une vie délicate et efféminée, vous ne songez qu'à la parure, au jeu, au plaisir; mais, je le jure, je ne fais aucun cas de cette noblesse, de ces richesses qui vous attirent de la considération, et si vous ne réparez au plus tôt, par des études assidues, le temps que vous avez perdu en frivolités, jamais, non, jamais, vous n'obtiendrez rien de moi. »

Une bibliothèque formée par les soins du roi ornait son palais. Pendant son repas, il se faisait lire des ouvrages estimés, ou conversait avec les savants; la nuit, il se relevait pour étudier le cours des astres. Charlemagne parlait plusieurs langues. Il avait formé une académie, qui s'assemblait dans sa demeure royale; chacun des membres s'était décoré de quelque nom illustre de l'antiquité : Charlemagne avait pris celui de David, un autre se nommait Homère, un autre Horace.

La peinture, la sculpture, l'art de l'orfévrerie se bornèrent à quelques essais plus ou moins heureux, mais le prince les encouragea de toute sa puissance.

Sous Charlemagne, les mœurs étaient encore sauvages et la civilisation peu avancée. Ce prince fit un recueil de lois sages, qu'on nomme *Capitulaires* parce qu'il était classé par chapitres.

Le monarque mettait un grand appareil à la publication des lois : il paraissait sur son trône, la couronne en tête, le sceptre de justice à la main, entouré des évêques, des princes, seigneurs et grands-officiers de la couronne; il faisait lire les capitulaires devant le peuple assemblé, et surveillait l'exécution de ses ordonnances en envoyant dans toutes les parties du royaume des hommes revêtus de sa confiance, et, sur leur rapport, on maintenait les lois ou on les corrigeait, suivant les besoins du peuple.

Au comble de la gloire et de la puissance, Charlemagne fut encore exposé aux attaques des Saxons, qu'il fallut réprimer. Il se vit aussi menacé par les Normands, peuples du Nord, qui, non contents d'exercer la piraterie sur mer, infestaient les côtes, remontaient les fleuves, pillaient, ravageaient, et se retiraient promptement chargés de butin. Cependant Charlemagne ne manquait pas de vaisseaux; il avait donné des soins particuliers à sa marine.

Pendant que des corps de Normands inquiétaient les rivages, d'autres, sous le nom de Danois, joints à des restes de Saxons, pénétraient dans les terres. Un de ces princes danois fit une irruption en France; il fut repoussé.

A cette époque, Charlemagne perdit son fils aîné, Charles, qui lui fut enlevé par une maladie. Son second fils, Pepin, ne tarda pas à suivre son frère au tombeau. Il ne restait à Charlemagne que Louis, roi d'Aquitaine; il s'associa ce fils à l'empire.

Charlemagne mourut à Aix-la-Chapelle, dans la soixante-douzième année de son âge et la quarante-huitième de son règne. Il traita, par son testament, son royaume comme une grande famille; il fit des dons à un grand nombre de personnes de toutes les conditions, il légua des sommes d'argent et de riches présents aux églises et aux monastères.

L'éloge de Charlemagne a été renfermé dans cette courte épitaphe :

« Il a noblement agrandi et heureusement gouverné la France. »

LOUIS Ier, *dit* LE DÉBONNAIRE.

Louis Ier, le seul fils qui restât à Charlemagne, parvint au trône dans un moment et sous les auspices les plus favorables. La renommée de la puissance de la France s'étendait dans les pays les plus reculés, tout était calme, les seuls Normands troublèrent cette tranquillité générale. Ils parurent sur les côtes de Belgique et de Neustrie, Louis les repoussa ; mais la fierté de leur retraite indiquait un retour pour des temps plus favorables.

Par une imprudence qui fut pour lui la cause de bien des chagrins, Louis Ier associa son fils aîné Lothaire à l'empire ; il partagea le reste de ses états entre ses autres enfants. Pepin, son second fils, eut en partage l'Aquitaine, et Louis, son troisième fils, eut la Bavière.

Ces royaumes, qui se prolongeaient en Germanie et en Espagne, composaient tout l'empire de Charlemagne à l'exception de l'Italie, qu'il avait donnée à Bernard, son neveu, Lorsque la mort enleva Pepin, père de ce prince, ce jeune ambitieux forma le projet de détrôner son oncle. Louis Ier, averti à temps, passe les monts et surprend le jeune imprudent, que son armée abandonne. Bernard vaincu demande pardon; mais Louis fut cruel et vindicatif : il fit crever les yeux au rebelle, qui mourut trois jours après de ses blessures.

Louis se repentit de cet acte de barbarie, et toute sa vie fut tourmentée de ses remords, et il expia sa faute par d'austères pénitences.

Sous le règne de ce prince, les Bretons furent défaits par lui; le chef qu'ils s'étaient donné sous le titre de duc fut tué.

Les Sarrasins d'Espagne attaquèrent les Français gardiens des frontières des Pyrénées. Trahis par leurs guides, les soldats de Louis Ier furent menés dans une embuscade où les ennemis les taillèrent en pièces; de nouvelles troupes furent envoyées pour venger cet échec, elles furent vaincues : Louis se trouva contraint d'abandonner les montagnes et de rapprocher ses frontières du centre de son royaume. Les habitants des montagnes abandonnées se réunirent et formèrent le royaume de Navarre, dont ils donnèrent la couronne à un de leurs chefs.

Les Bulgares firent aussi un mouvement vers

la France, et les Normands descendirent sur les côtes de Poitou, portèrent partout l'incendie et la mort et s'emparèrent, à l'embouchure de la Loire, de l'île de Noirmoutier, ainsi nommée des débris d'un monastère noirci par le feu qu'ils y mirent.

Louis Ier n'exerça pas malheureusement sur ses enfants une surveillance sévère ; il leur laissa prendre, dans les royaumes qu'il leur avait confiés, une puissance qui le fit oublier lui-même. Ses fils se coalisèrent bientôt contre lui, et deux fois il fut privé de son trône, enfermé dans un monastère et contraint par ses enfants de faire amende honorable à genoux et d'avouer des crimes imaginaires. Enfin la cause de l'autorité paternelle triompha. Deux des fils de Louis Ier, Pepin d'Aquitaine et Louis de Bavière, se firent ses défenseurs ; ils tournèrent leurs armes contre Lothaire, qui persévérait dans sa trahison, et, vaincu à son tour, il fut obligé de demander pardon à son père, qui se rendit digne alors du surnom de *Débonnaire* en accordant grâce pleine et entière.

Louis Ier ne devait pas goûter long-temps le calme. Louis de Bavière, son fils, se révolta à son tour contre lui ; ligué avec les Saxons et d'autres peuples du fond de l'Allemagne, il s'avança vers les états de son père affaibli par l'âge et les infirmités. Le chagrin acheva de briser ce corps fatigué, et, après quarante jours de maladie, Louis Ier mourut, donnant des marques de la piété la plus fervente.

Ce prince régna ving-six ans. On peut lui reprocher une grande inhabileté dans les affaires publiques, une faiblesse qui mit en péril le pays et lui-même ; mais il mérite des éloges pour le culte qu'il rendit à la justice, et pour son respect pour les lois. Il aima les sciences et protégea l'instruction des peuples.

CHARLES II *dit* LE CHAUVE.

Louis-le-Débonnaire ayant détaché quelques parties des provinces qu'il avait données à ses enfants, pour former à Charles un état sous le nom de royaume de Germanie, le mécontentement éclata de toutes parts. Louis et Charles furent relégués dans un monastère ; mais Louis ayant été rétabli, Charles eut sa part dans le nouveau partage de l'empire.

Le règne de Charles-le-Chauve fut une longue suite de calamités. Enfin, battu par ses neveux, auxquels il voulait enlever la Germanie, il mourut empoisonné dans un village au pied du Mont-Cenis.

Cour plénière.

Louis II, dit le Bègue. — Louis III et Carloman. — Charles III, dit le Gros. — Eudes. — Charles-le-Simple. — Raoul.

De l'an 877 *à l'an* 936.

Soldat normand.

LOUIS II, *dit* LE BÈGUE.

Ce ne fut pas sans difficulté que Louis obtint de succéder à son père, les grands se prétendirent en droit de donner la couronne. Ils se fondaient sur ce que, ne l'ayant pas reçue du vivant de son père, le prince n'y avait pas un droit immédiat. Ils délibérèrent s'ils ne mettraient pas sur le trône quelqu'autre prince de la famille de Charlemagne, ou même un d'entre eux; Richilde, sa belle-mère, usa de son influence et obtint pour lui le sceptre.

Jongleur.

Le pape Jean VIII, qui se réfugia en France pour éviter les persécutions de Lambert, duc de Spolette, le couronna empereur d'occident dans la ville de Troyes. Cependant il n'est pas mis au nombre des empereurs, et aucun roi ne porta ce titre jusqu'à Charles-le-Gros, qui le reçut en 881 : cet empire appartenait aux Français parce qu'il avait été fondé par Charlemagne et qu'il ne dépendait que de la monarchie française.

La santé très faible de Louis-le-Bègue ne lui permettait pas de faire de grandes entreprises, cependant il s'opposa avec vigueur aux incursions des Normands; il paraît qu'il n'était pas dépourvu de talents pour gouverner. Il commençait même à inspirer de la crainte aux seigneurs turbulents et toujours prêts à secouer le joug de l'obéissance, lorsqu'il mourut dans la troisième année de son règne.

LOUIS III ET CARLOMAN.

Après la mort de Louis-le-Bègue, Louis III et Carloman, ses fils, se partagèrent les états de leur père : Louis eut la Neustrie, c'est-à-dire toute la partie de la France entre la Loire et la Meuse, compris la Flandre jusqu'à la mer, et Carloman eut l'Aquitaine et la Bourgogne.

Les deux frères eurent d'abord à se défendre contre Louis, leur oncle à la mode de Bretagne. Ils gagnèrent plusieurs batailles sur les Normands, mais ces combats ne furent pas décisifs et n'arrêtèrent pas les incursions de ces ennemis persévérants.

Le règne de Louis III et de Carloman fut de courte durée. Louis III se rompit les reins sous une porte basse où son cheval l'emporta, et Carloman fut tué à la chasse par un sanglier. Ces deux princes moururent sans enfants.

Louis III et Carloman étaient doux, affables; tous leurs efforts semblaient tendre au bonheur et à la gloire de la France : leur mort prématurée causa les plus vifs regrets.

CHARLES *surnommé* LE GROS.

Après la mort de Louis III et de Carloman, il y eut environ un an d'interrègne ; la couronne appartenait à Charles-le-Simple, mais l'abbé Hugues, son tuteur, appela en France Charles-le-Gros, fils de Louis-le-Germanique, et déjà empereur d'Italie et roi de Lombardie, et le fit proclamer roi.

Charles était petit, avait les jambes torses et

un embonpoint excessif, qui lui fit appliquer le nom de Gros. Cette obésité le rendait lent et peu propre aux opérations militaires ; son esprit était borné, son caractère ombrageux et défiant : il était tourmenté d'un mal de tête habituel qui dégénéra à la fin en une démence dont il eut de fréquents accès.

Charles-le-Gros, sous prétexte de confirmer des traités qu'il avait avec les Normands, attire un des principaux chefs dans une embuscade, et le fait massacrer avec les seigneurs qui l'accompagnaient ; des armées entières de Normands se lèvent de toutes parts pour venger leurs compatriotes.

Sous la conduite de Rollon leur chef, ils remontent de Rouen à Paris, en un si grand nombre, que la Seine est couverte de leurs bateaux dans un espace de deux lieues; ils mettent le siége devant Paris, qui consistait en ce qu'on nomme aujourd'hui la Cité, et où l'on ne pouvait pénétrer que par deux ponts défendus chacun par une grosse tour. Le siége de cette ville est mémorable par l'opiniâtreté des assiégeants et la défense vigoureuse des assiégés. Il dura quatre ans, non pas continus, mais par intervalles; tout ce qu'on employait alors pour l'attaque et la défense des places y fut mis en pratique, escalades, mines, assauts, machines pour lancer au loin pierres et traits, béliers pour enfoncer les murailles, tours ambulantes pour en approcher, poix fondue, eau bouillante versée du haut des murs sur les assaillants. Après des attaques sans succès, les Normands se retirèrent dans des tours qu'ils avaient bâties autour de la ville. Pendant la suspension des hostilités, ils ravageaient les campagnes à une assez grande distance. Il y eut de leurs partis qui pénétrèrent jusqu'en Bourgogne : Paris était défendu par l'évêque Goslin ; Charles-le-Gros vint au secours de Paris, se campa sur le Mont-de-Mars, aujourd'hui Montmartre, et, lorsqu'on croyait qu'il allait écraser les Normands par la seule masse de son armée, non seulement il ne les attaqua pas, mais il entra avec eux en composition, et leur promit sept cents livres pesant d'argent à payer dans un temps marqué : en attendant ce terme, il leur livre, pour ainsi dire, à piller les provinces qui leur conviendront.

A la nouvelle de cette honteuse capitulation, un cri d'indignation s'élève par toute la France. Le mépris qu'elle inspire pour Charles-le-Gros est tel que son armée et tous ses serviteurs, sans exception, l'abandonnent. Il se trouve seul, sans un valet pour le servir, sans aucune ressource pour son existence.

Bientôt après il mourut dans un village de Souabe : les uns disent de chagrin ; les autres, de poison. Il ne laissa pas d'enfants.

EUDES.

Après la mort de Charles-le-Gros, les grands du royaume se réunirent à Compiègne ; Charles-le-Simple, héritier légitime du trône, âgé de dix ans, parut incapable de tenir les rênes de l'État qui demandaient une main exercée. Eudes, dont les services étaient une recommandation, fut élu roi et sacré à Sens.

Il gagna plusieurs batailles contre les Normands et traita enfin avec eux.

Une ligue se forma contre Eudes, afin de le contraindre de rendre la couronne à Charles-le-Simple ; on en vint aux mains. Eudes fut vainqueur ; et cependant il préféra une transaction à de débats sanglants, et il partagea le royaume avec Charles.

CHARLES *dit* LE SIMPLE.

Aucune action ne justifie le surnom de Simple que l'histoire a donné à Charles III, au contraire, on lui trouve de la fermeté à soutenir la dignité de son trône.

Il gouverna avec prudence et fit preuve d'un esprit sain et d'une haute intelligence dans les affaires publiques.

Les Normands s'étaient extrêmement multipliés en France ; Rollon, leur chef, entretenait sur les côtes une armée que les recrues venues du nord, et la réunion de tous les vagabonds, grossissaient chaque jour.

Charles III, persuadé qu'inutilement il tenterait d'expulser un prince bien établi, qui poliçait ses peuples et leur avait imposé une discipline sévère, aima mieux traiter avec lui, et lui donna en fief toutes les terres, depuis l'embouchure de l'Epte dans la Seine, jusqu'à la mer, pays qu'on a appelé depuis le duché de Normandie, et lui accorda une de ses filles en mariage, à condition d'embrasser la religion chrétienne.

Rollon, en réparation des brigandages exercés par ses troupes, fit des largesses immenses aux églises. Il gouverna la Normandie pendant cinq ans.

A cette époque, Robert, comte de Paris et frère du roi Eudes, se fit couronner roi à Reims; et ayant levé une forte armée, il attaqua Charles-le-Simple près de Soissons et fut tué de la main même du roi. Mais bientôt le fils de Robert, Hugues-le-Grand, rallia les troupes de son père et défit Charles-le-Simple, qui, à son tour, fut contraint de fuir. Charles-le-Simple se réfugia chez Herbert, comte de Vermandois, qui le fit renfermer au château de Péronne, où il mourut après une captivité de six ans. Il avait alors cinquante ans et en avait régné vingt-cinq.

Il laissa un fils nommé Louis. Sa mère, Odgine, l'emmena en Angleterre, en attendant qu'il pût faire valoir ses droits.

RAOUL.

La captivité de Charles-le-Simple et la fuite du jeune Louis rendirent en quelque sorte le trône vacant. On offrit la couronne à Hugues-le-Grand ; et sur son refus, Raoul, son beau-frère, l'accepta.

Le commencement de son règne fut marqué par de nombreuses séditions que suscitèrent les grands seigneurs. Par son adresse, il calma les factions ; et après, son énergie maintint le calme du royaume.

Raoul livra de nombreux combats aux Normands, il étendit les bornes du royaume, il força Herbert, comte de Vermandois, à lui rendre plusieurs villes qu'il lui avait cédées.

Il régna environ quatorze ans, et mourut sans postérité, à Auxerre, l'an 936.

Sous les rois dont nous venons de parler, et pendant le règne des princes de la seconde race, des assemblées solennelles avaient lieu à Noël ou à Pâques; ces assemblées se nommaient *cours plénières* et duraient ordinairement une semaine. Il y avait des festins somptueux, le roi mangeait en public, des hérauts d'armes jetaient de l'argent au peuple. Les jongleurs et les pantomimes animaient ces fêtes par des exercices ou des représentations comiques.

FIN DE LA PREMIÈRE PARTIE.

Les *Petits livres de M. le Curé* forment une collection variée d'ouvrages illustrés de charmantes vignettes qui peuvent être mis avec fruit entre les mains de l'enfance et de l'adolescence.

Pour l'*éducation morale*, cette publication offre un grand choix d'historiettes ou contes à la façon du chanoine *Schmid*, inédits, et rédigés par M. l'abbé *de Savigny*, dont les ouvrages d'éducation jouissent d'une popularité méritée.

Pour l'*éducation intellectuelle* : le résumé de l'histoire des peuples anciens et modernes, une série des meilleurs ouvrages classiques, le rudiment des sciences, des arts et de toutes les connaissances usuelles.

Pour l'*éducation religieuse* : l'Histoire de l'Ancien et du Nouveau Testament, l'Imitation de Jésus-Christ, les saints Évangiles et les Beautés de l'histoire du Christianisme, etc.

Pour

- 14 *francs* 50 c., on devient propriétaire de 50 petits volumes dont on peut faire soi-même une intelligente répartition.
- 60 *francs*, un conseil municipal pourra remettre entre les mains du desservant d'une paroisse ou d'un chef d'école communale 200 volumes.
- 110 *francs*, le chef spirituel d'un diocèse ou l'administrateur d'un département aura 400 volumes à distribuer (deux collections entières formant 200 ouvrages complets).
- 1000 *francs* (remise de 60 fr.), un conseil-général votera une distribution locale de 4,000 volumes, et chaque école participera à la répartition.

La *Bibliothèque du Presbytère*, publiée avec luxe, est placée sous le patronage du clergé, des autorités municipales, des chefs d'institution et des mères de famille.

Il paraît tous les samedis 1 vol. illustré de 10 à 15 gravures. Prix : *trente centimes*.

— Imprimé par Béthune et Plon. —

www.ingramcontent.com/pod-product-compliance
Ingram Content Group UK Ltd.
Pitfield, Milton Keynes, MK11 3LW, UK
UKHW020420230726
13925UKWH00004B/1533

9 782014 454598